ESCOLHA SUA AVENTURA

{ O ABOMINÁVEL HOMEM DAS NEVES }

ESCOLHA SUA AVENTURA

{ O ABOMINÁVEL HOMEM DAS NEVES }

R. A. MONTGOMERY

Tradução
Carolina Caires Coelho

1ª edição

Rio de Janeiro-RJ / Campinas-SP, 2013

Editora: Raïssa Castro
Coordenadora Editorial: Ana Paula Gomes
Copidesque: Anna Carolina G. de Souza
Revisão: Aline Marques, Ana Paula Gomes e Gabriela Lopes Adami
Capa e Ilustrações: Weberson Santiago
Assistente de Arte: Giordano Barros
Projeto Gráfico: André S. Tavares da Silva

Título original: *The Abominable Snowman*

ISBN: 978-85-7686-242-0

Copyright © R. A. Montgomery, Warren, Vermont, 1982
Copyright © Chooseco, 2006
Todos os direitos reservados.

Tradução © Verus Editora, 2013
Direitos reservados em língua portuguesa, no Brasil, por Verus Editora. Nenhuma parte desta obra
pode ser reproduzida ou transmitida por qualquer forma e/ou quaisquer meios (eletrônico ou
mecânico, incluindo fotocópia e gravação) ou arquivada em qualquer sistema ou banco de dados
sem permissão escrita da editora.

Verus Editora Ltda.
Rua Benedicto Aristides Ribeiro, 55, Jd. Santa Genebra II, Campinas/SP, 13084-753
Fone/Fax: (19) 3249-0001 | www.veruseditora.com.br

CIP-BRASIL. CATALOGAÇÃO NA FONTE
SINDICATO NACIONAL DOS EDITORES DE LIVROS, RJ

M791a

Montgomery, R. A., 1936-
   O Abominável Homem das Neves / R. A. Montgomery ; tradução Carolina
Caires Coelho ; [ilustrações Weberson Santiago]. - 1. ed. Campinas, SP :
Verus, 2013.
   il. ; 21 cm   (Escolha sua Aventura ; 1)

   Tradução de: The Abominable Snowman
   ISBN 978-85-7686-242-0

   1. Ficção infantojuvenil americana. I. Coelho, Carolina Caires. II. Título.
III. Série.

13-00413   CDD: 028.5
                                                            CDU: 087.5

Revisado conforme o novo acordo ortográfico

Para Anson e Ramsey
e
para Roland Palmedo

{ PRESTE ATENÇÃO E TOME CUIDADO! }

Este livro é diferente dos outros.

**Você e SÓ VOCÊ é responsável
pelo que acontece na história.**

Há perigos, escolhas, aventuras e consequências. VOCÊ deve usar os seus vários talentos e grande parte da sua enorme inteligência. A decisão errada pode acabar em tragédia – até em morte. Mas não se desespere! A qualquer momento, VOCÊ pode voltar atrás e tomar outra decisão, mudar o rumo da história e ter outro resultado.

Você e o seu melhor amigo, Carlos, viajaram para o Nepal em busca do famoso Yeti, também conhecido como o Abominável Homem das Neves. No ano passado, enquanto vocês dois estavam escalando montanhas na América do Sul, um guia lhes contou sobre a lendária criatura, e, desde então, você não parou de pensar nela. Quando soube que alguém afirmara ter visto um Yeti, Carlos foi imediatamente para as montanhas. E ninguém tem notícias dele há três dias! Uma forte tempestade teve início e está quase impossível passar pelas montanhas. Você sabe que o Carlos vai depender de você para fazer a coisa certa. Mas que coisa é essa?

1

Você é um alpinista. Três anos atrás, você passou o verão numa escola de alpinismo no Colorado. Seus instrutores diziam que você tinha habilidade natural de escalador. Você progrediu rapidamente e, no fim do verão, já estava liderando difíceis escaladas na pedra e no gelo.

Naquele verão, você fez amizade com um garoto chamado Carlos. E vocês dois formaram uma bela dupla de alpinistas. No ano passado, foram escolhidos para integrar uma equipe internacional. A expedição chegou ao topo de dois picos nunca escalados na América do Sul.

Certa noite, naquela expedição, o grupo estava reunido no acampamento, em torno da fogueira. O líder da expedição, Franz, contava histórias de escalada nos Himalaias, as montanhas mais altas do mundo.

Vá para a próxima página.

2

As montanhas do Himalaia formam uma grande parede natural entre a Índia e a China, e o Nepal fica entre os picos. Everest, K2 e Annapurna são os montes mais conhecidos da região. Esses e muitos outros picos já foram escalados, enquanto os demais permanecem em áreas distantes aonde poucos seres humanos já chegaram. Ali, disse Franz, nos vales altos sob os campos de neve, vive o Yeti, também chamado de Abominável Homem das Neves.

– Dizem que o Yeti é uma fera enorme – disse Franz –, talvez um cruzamento de gorila e ser humano. Não há um consenso sobre o que ele é.

Uá para a próxima página.

– O Yeti é perigoso? – perguntou Carlos.
Franz deu de ombros.
– Alguns dizem que é. Outros dizem que é muito gentil.
– Você já viu um? – você perguntou.
– Não. Quase ninguém viu. A maior prova da sua existência é uma série de enormes pegadas descoberta nos anos 1950 por uma expedição britânica. Até onde sei, ninguém nunca conseguiu fotografar um Yeti – respondeu Franz. – Mas as histórias continuam.

Vá para a próxima página.

4

Naquele momento, você e Carlos decidiram que queriam encontrar o Yeti. Quando voltaram da América do Sul, conseguiram patrocínio da Fundação Internacional para Pesquisa de Fenômenos Desconhecidos. O objetivo: provar que o Yeti existe. Vocês vão encontrar e fotografar o Abominável Homem das Neves.

E foi assim que vocês chegaram a Katmandu, a capital do Nepal. Seus problemas, no entanto, já começaram. Há dois dias, Carlos partiu de helicóptero para examinar a área perto do monte Everest. O helicóptero voltou sem ele. O piloto lhe contou que Carlos decidiu permanecer no acampamento do Everest para ir atrás do relato de alguém que afirmava ter visto um Yeti. Ele tinha um radiotransmissor, mas você não recebeu notícias dele. O tempo ficou ruim e a comunicação via rádio foi interrompida.

Você tem um horário agendado para falar com R. N. Runal, o diretor de Pesquisa sobre Expedições e Montanhas e que sabe muito sobre o Yeti. Ele tomou conhecimento dos seus planos. Você precisa da ajuda dele para obter autorização oficial para a expedição. Ele também pode lhe dar bons conselhos e informações.

Mas e o Carlos?

Se decidir cancelar a reunião com Runal e procurar Carlos,
vá para a página 5.

Se você acha que Carlos está bem e quer seguir com seu
compromisso de encontrar Runal, vá para a página 6.

5

Você telefona para o sr. Runal, no Ministério das Relações Exteriores.

– É uma emergência, sr. Runal. Meu amigo Carlos desapareceu no acampamento. Preciso de ajuda, urgente!

– Claro. Compreendo. Por favor, me dê a honra de acompanhá-lo. Conheço muito bem a região.

Você aceita com prazer a ajuda do sr. Runal. Ele tem uma excelente reputação como alpinista. Ele consegue um helicóptero do Exército Real Nepalês para encontrar você no Aeroporto Tribhuvan.

Duas horas depois, vocês aterrissam no acampamento do Everest, onde Carlos foi visto pela última vez. A barraca de náilon vermelha dele ainda está ali, mas a tempestade apagou todas as pegadas.

– A maioria dos relatos a respeito do Yeti revela que ele foi encontrado bem mais para baixo do acampamento. Mas pode ser que estivesse aqui, no alto – Runal diz enquanto vocês estão de pé ao lado da barraca, olhando para a geleira e para os picos.

Se você e Runal decidirem procurar mais para baixo do acampamento, no vale, vá para a página 7.

Se forem mais para cima do acampamento, vá para a página 10.

6

Você desce uma estrada delimitada por altos pinheiros. Eles são verde-azulados, e os galhos e folhas são muito finos e delicados. Nos galhos mais altos, há algo que parecem enormes frutos em forma de gota, marrom-escuros. Você para e olha para cima, tentando decifrar o que são aquelas coisas. Então, uma delas se move, abre asas enormes e sai voando. São morcegos, os maiores que você já viu!

Você chega ao Ministério das Relações Exteriores e é encaminhado a uma sala de espera. Aguarda alguns minutos e então é levado ao encontro de R. N. Runal, diretor de Pesquisa sobre Expedições e Montanhas do governo do Nepal.

– Bem-vindo ao nosso país. Desejamos que tenha sucesso. Mas tenho uma notícia ruim. A expedição que você propôs pode ser muito perigosa.

Você olha para ele, sem saber o que esperar.

Vá para a página 8.

7

O helicóptero fica no acampamento, e você e Runal descem a pé por um caminho estreito e cheio de pedras, abaixo da linha da neve, no interior da floresta de pinheiros. Levam horas caminhando com cuidado.

De repente, a trilha se torna muito íngreme, e um dos lados tem uma queda de mais de mil metros até o rio. Vocês encontram uma casinha de pedra com telhado de palha. Uma senhora está sentada à luz do sol, ao lado da porta.

– Pode nos dizer se algum alpinista passou por aqui? Meu amigo tem cerca de 1,75 metro, não é gordo nem magro e tem cabelos escuros. – Runal traduz a sua descrição para a senhora.

Ela assente e diz que dois homens passaram por ali. O mais jovem deixou um bilhete:

Runal se volta para você com um olhar confuso.

– Carlos é seu amigo. Se dependesse de mim, eu ignoraria essa mensagem. Mas você o conhece bem. E agora? O que você acha?

Se você decidir respeitar o que diz a mensagem e voltar ao acampamento para esperar por Carlos, vá para a página 16.

Se quiser ignorar a mensagem e procurar Carlos, vá para a página 12.

8

– Recentemente, uma grande expedição partiu sem nos informar que estavam indo atrás do Yeti – afirma Runal. – Eles usaram armas e armadilhas e tentaram matar um deles. Os Yetis estão enfurecidos.

– Sr. Runal, só queremos encontrar um Yeti. Não temos a menor intenção de ferir um deles.

Vá para a próxima página.

– Eu sei. Já nos certificamos disso. É uma vergonha o que os outros fizeram. Devo dizer, no entanto, que não recomendo que você entre no território dos Yetis. Posso conseguir uma expedição para a região de Terai, fora das montanhas, na área da floresta. Você pode fotografar e estudar os tigres. Eles são famosos e perigosos também. Mais tarde talvez você possa realizar a expedição que está liderando.

Se você decidir seguir adiante com a expedição para encontrar os Yetis, vá para a página 13.

Se decidir adiar a expedição para que os Yetis se acalmem e quiser ir para a região de Terai à procura de tigres, vá para a página 14.

10

Acima do acampamento, há os perigosos blocos de gelo, que estão sempre se movendo, e as pessoas que escalam esse labirinto gelado correm perigo constante. Runal lidera o caminho. Vocês dois têm grampos nas botas, e uma fina corda de náilon amarela e vermelha os une. É uma corda de segurança.

– Cuidado! Pule!

Um bloco de gelo se move e tomba para o lado, lançando uma nuvem de neve e cristais de gelo no ar. Runal viu aquilo na hora certa. Você caminha mais devagar agora, com medo dos blocos soltos.

Na parte de trás de um bloco do tamanho de um sobrado, você o encontra. Carlos está sentado ao sol, mexendo em sua câmera.

– Ei, o que vocês estão fazendo aqui?

– É o que queremos saber. Você deixou a gente apavorado ao desaparecer. O que aconteceu?

Carlos guarda a câmera e, depois que você o apresenta a Runal, explica que encontrou pegadas que poderiam ser do Yeti e as seguiu. Tentou usar o rádio, mas o tempo ruim impediu a transmissão. As pegadas acabaram, e ele não conseguiu encontrar o caminho de volta para o acampamento. Então ficou sentado, esperando. Runal analisa uma trilha de pegadas protegida da nevasca e explica que são do urso-pardo e não do Yeti.

Então, decepcionado, você volta ao helicóptero e retorna para Katmandu.

Vá para a próxima página.

11

No dia seguinte, você vai à loja de Sangee Podang Sorba, um guia xerpa muito conhecido. Carlos fica com Runal, para conseguir as autorizações para a expedição.

Você entra na loja, e ali, atrás de um balcão abarrotado de comida desidratada em sacos plásticos, botijões de gás para fogão portátil e toucas de lã, está Sangee Sorba. Você se apresenta e simpatiza imediatamente com o homem. Ele é entusiasmado e amigável e acompanhou recentemente a expedição japonesa ao monte Pumori e uma tentativa francesa de escalar o Everest.

Talvez você deva pedir a ele que se junte a vocês na busca ao Yeti.

Se você pedir a Sangee que o acompanhe na expedição, vá para a página 19.

Se decidir conversar sobre isso com Carlos primeiro, vá para a página 18.

12

– O Carlos pode estar em apuros. Precisamos encontrá-lo.

Runal concorda e entrega duas moedas de cobre à mulher. Ela sorri para ele e fala rapidamente em nepalês. E então entra na casa. Você e Runal permanecem do lado de fora, perto da pequena horta de abobrinhas maduras.

– O que foi aquilo? O que aquela senhora disse? – Você ajeita as alças da mochila para que parem de escorregar dos seus ombros.

Runal olha para você e diz:

– A mulher afirma que seu amigo estava viajando com um Yeti.

Você encara Runal, sem acreditar. Mas por que não? Você está aqui para encontrá-los; talvez eles o tenham encontrado primeiro.

Você continua pelo caminho sem saber exatamente o que esperar.

Vá para a página 26.

13

– Agradeço pelo aviso e pela gentileza de oferecer a alternativa de irmos a Terai – você diz. – Mas estamos comprometidos com essa expedição. Vamos procurar pelo Yeti com sinceridade e amizade.

R. N. Runal assente e fala rapidamente em nepalês com um assistente. Poucos minutos depois, você já tem a documentação necessária para a viagem, com os carimbos certos nos lugares certos e com o selo oficial do governo do país. Enquanto vocês se despedem, ele diz:

– Se está determinado a seguir com a expedição, seria mais fácil e seguro se eu fosse com você.

O que você deve fazer? Ter um oficial do governo como companhia pode causar atrasos e problemas burocráticos. Por outro lado, ele também poderia facilitar as coisas.

Se decidir aceitar a sugestão de Runal de ir com você, vá para a página 20.

Se não quiser a companhia dele, vá para a página 22.

14

Você conversa com Runal por um bom tempo a respeito de Terai, uma zona tropical no nível do mar a cento e sessenta quilômetros do Everest, a maior elevação do mundo. Que contraste! Você se dá conta de que tudo isso vai lhe render um excelente material para uma futura reportagem no jornal da sua cidade.

– Terai é incrível – Runal diz a você. – A floresta é repleta de flores e animais, o feroz tigre-de-bengala e o perigoso rinoceronte. Vou providenciar elefantes que levem você a áreas afastadas.

Em dois dias, depois de deixar um recado para Carlos, você está no dorso de um elefante, que caminha a passos pesados.

O calor é quase insuportável, e gotas de suor escorrem por seu pescoço e molham sua camisa de safári cáqui.

Você chega a um riacho cercado de vegetação densa. Ali, na terra, vê marcas de botas e cartuchos deflagrados de uma arma grande.

– Isso não é bom. Não é nada bom. Deve haver caçadores ilegais por aqui, atrás de pele de tigre e marfim. Perigoso – alerta seu guia.

– Vamos segui-los. Vamos ver o que estão aprontando.

– Certo, mas talvez seja melhor nos separarmos para cobrir um território maior.

Se vocês se separarem, vá para a página 23.

Se permanecerem juntos, vá para a página 24.

16

– Provavelmente é melhor voltarmos para o acampamento – você diz. No entanto, está ficando tarde, e o caminho de volta é bem perigoso à noite.

– Acho que devemos ficar aqui até o amanhecer – responde Runal.

Você combina com a mulher de passarem a noite ali. Ela prepara uma refeição simples de arroz, abobrinha e chá de manteiga. Você está muito nervoso, mas confia no bom senso de Carlos. E, independentemente do que estiver acontecendo, está além do seu controle, de qualquer forma.

Você não consegue dormir, e o vento das altas montanhas o deixa impaciente e ainda mais preocupado.

Quando o dia está prestes a raiar, você escuta um grito alto e estridente.

Vá para a página 25.

17

Você é rápido, mas não o suficiente. Sangee larga o machado e puxa seus braços para trás das suas costas.

Os dois homens que estavam na entrada agora estão dentro da loja. Um deles tranca a porta. O barulho da fechadura, prendendo você ali dentro e a ajuda fora, é assustador.

Os três homens cercam você.

– Idiota. Você foi longe demais. O que está fazendo aqui? O que você quer? – Sangee rosna para você.

O homem de barba segura uma pequena e horrorosa pistola automática.

– Eu não pretendia fazer nada de mau. Só queria ver o que tinha dentro do bolso.

– Bom, não tem saída. Precisamos de vocês dois para o nosso plano. Você vai mandar uma mensagem para o seu amigo dizendo que encontrou uma pista importante. Diga a ele para vir até aqui. Se não fizer isso, nós vamos matar você sem pensar. Se fizer o que mandamos, bem, talvez você sobreviva. Vamos ver. Estamos seguindo vocês dois já faz um tempo. Pensamos em usar vocês para tirar essas coisas do país.

Ele aponta para pacotes embrulhados em papel pardo. O que tem ali?, você se pergunta. A situação não é nada boa. O que você vai fazer agora?

Se decidir escrever o bilhete para Carlos, vá para a página 37.

Se você se recusar, vá para a página 38.

18

Você acha que Carlos devia ter a chance de conhecer Sangee. Você se ocupa comprando as barracas apropriadas, machadinhos de gelo, grampos de ferro, cordas, pitons e prendedores.

Enquanto você olha uma prateleira de jaquetas acolchoadas usadas em expedições à montanha, uma delas chama a sua atenção. É uma parca roxa de tamanho médio. Há alguma coisa em um dos bolsos.

Você dá uma olhada ao redor na loja para ter certeza de que ninguém está olhando e abre o bolso fechado com velcro. Parece que tem uma pedra ali. Você a pega e tira o grosso papel pardo que a envolve. É um crânio! Será que pode ser um crânio de Yeti? Uau! Tem um pedaço de papel dentro do crânio.

É um mapa, que mostra um caminho que vai de Katmandu até a cidade de Nagarkot. Há um X ao lado de um templo abandonado do deus hindu Shiva.

Vá para a página 28.

– O que você acha de nos acompanhar na busca pelo Yeti, Sangee?

Ele sorri e hesita. Então, pega duas varetas de incenso. Uma é mais comprida do que a outra. Ele acende as duas, e o cheiro forte domina o ambiente da pequena loja.

– Veja, quando as fragrâncias se misturam, não percebemos a diferença entre elas. Só quando a vareta menor queimar até o fim é que vamos saber qual delas tinha a fragrância de rosa e qual tinha a fragrância de magnólia.

Você está intrigado com esse papo de incenso. E pergunta:

– O que isso significa, Sangee?

– Não significa nada, simplesmente *é*.

Agora, você está mesmo confuso. O que fazer? Talvez você deva deixar de lado essa conversa sobre incenso e não pedir que Sangee o acompanhe. Talvez ele seja maluco.

Se mudar de ideia sobre levá-lo com você na expedição, vá para a página 27.

Se persistir e tentar entender o que ele está dizendo, vá para a página 30.

20

Agora que faz parte da sua expedição, Runal enviou uma equipe do governo para organizar seu acampamento e encontrar Carlos. Sucesso! Carlos é encontrado e se junta a vocês. Runal acaba se revelando um ótimo companheiro de equipe. Seis carregadores transportam a comida, as barracas e os equipamentos de vocês. Assim, você fica livre para explorar as íngremes encostas do vale e os pequenos vilarejos ao longo do caminho.

Os dias são longos, começam com o primeiro raiar do sol e terminam só quando ele se põe. Suas pernas doem por causa das constantes batidas conforme você anda pelos caminhos estreitos que servem o povo nepalês há centenas de anos. O céu brilha azul, pontuado por nuvens. A neve e os flancos de gelo dos montes Lhotse, Pumori e Everest repousam sobre a vegetação das encostas mais baixas.

Vá para a próxima página.

21

Conforme vocês se aproximam do vilarejo, Runal aponta para uma alta construção de telhado vermelho, que se destaca entre as pequenas casas reunidas em seu entorno.

– Aquele é o mosteiro onde mora um monge budista que viveu com os Yetis.

– Mas eu pensei que ninguém nunca tivesse visto um deles, muito menos passado um tempo com os Yetis.

Runal responde:

– Um segredo bem guardado. Aqueles que conhecem os Yetis prometem revelar o que sabem apenas a certas pessoas. Você, e só você, é um dos escolhidos. Está escrito nas estrelas; pode ser lido na sua mão.

– Do que você está falando? Quem viu nas estrelas? Quem leu minha mão?

Runal não responde nada por vários minutos. E então diz:

– Se você aceitar o conhecimento secreto, a sua vida vai mudar. Você nunca mais será o mesmo. Decida agora.

Se estiver pronto para o segredo sobre os Yetis e para a responsabilidade que vem com ele, vá para a página 32.

Se decidir rejeitar a oferta, vá para a página 99.

22

– Acho que vamos sozinhos, mas obrigado de qualquer forma. – O sr. Runal aperta sua mão, mas não sorri. Está claro que você ofendeu o homem.

O que você deve fazer? Pedir desculpa? Tentar consertar as coisas?

Se tentar consertar a situação e acabar convidando Runal para ir com você, vá para a página 31.

Se mantiver sua decisão, vá para a página 34.

– Certo – você diz ao guia –, siga o curso do rio. Vou para a floresta, darei a volta e a gente se encontra no rio. Se precisar de ajuda, dê três tiros, espere seis segundos e dê mais três tiros.

– Certo. Tenha cuidado.

Você parte para a floresta, caminhando da forma mais discreta que consegue. Duas horas depois, você interrompe a caminhada para descansar, espantando os mosquitos e tirando as sanguessugas da pele. Com um rugido, um tigre enorme, de pelo menos 2,5 metros de comprimento do focinho ao rabo, sai de trás de um arbusto.

Você está perdido.

FIM

24

Você e seu guia descem o rio. Vocês encontram os caçadores. Matar tigres e elefantes para retirar a pele e o marfim é crime grave no Nepal. Eles não querem deixar rastros de suas atividades. Você tenta fugir correndo floresta adentro, mas eles são mais rápidos. Não deixam nenhuma testemunha.

FIM

25

– Yeeeeowee!

O barulho parece estar vindo do lado de fora da sua janela. Runal se move rapidamente em direção à porta. A senhora está do lado de fora da casa, à beira do caminho, segurando uma velha lamparina de querosene.

Você ouve o grito de novo. Dessa vez, ainda mais alto.

– Yeoweee! Yi, Yi, Yeeeoweee!

De repente, o som diminui. Parece cada vez mais longe. A mulher balança a lanterna. É um sinal, ou ela está tentando assustar o que quer que esteja lá fora?

– São os sons dos Yetis – diz ela. – Eles estão convidando você para se unir a eles e a seu amigo Carlos.

O que fazer? Isso é mais do que você imaginou que conseguiria.

Você olha para Runal e então para a mulher. Está frio à meia-luz da manhã. O barulho dos Yetis está se tornando cada vez mais fraco.

Se quiser seguir o som dos Yetis, vá para a página 35.

Se decidir voltar para o acampamento e para o helicóptero, vá para a página 36.

26

Conforme você corre pelo caminho, vê pegadas que podem ter sido deixadas por um Yeti. De repente, tudo fica em silêncio. Os pássaros pararam de cantar. O único som que você escuta é o de seus passos e os de Runal, logo atrás. Você se pergunta por quê.

Não demora muito para descobrir. Em uma curva do caminho, você encontra um grupo de criaturas que só podem ser Yetis. Eles estão apontando um velho canhão de bronze em sua direção. Um deles encosta uma luz no pavio.

E é a última coisa de que você se lembra – até acordar em sua cama. Deve ter sido aquele sanduíche triplo de mostarda, anchovas e calda de chocolate.

27

– Acho que não entendi. Antes de você vir conosco, é melhor eu conversar com o meu parceiro. Ele não está muito longe. Vou procurá-lo. Se eu não voltar, não espere por mim.

Você se move lentamente em direção à porta; a fumaça do incenso fica densa. Em um instante, fica tão cerrada que você não consegue encontrar a porta. Aos poucos, você perde a consciência e entra num coma eterno.

FIM

28

Isso tudo é empolgante demais para esperar por Carlos. *Carpe diem*, como costumam dizer. Você se aproxima do balcão e pergunta a Sangee de onde vem aquela parca.

Sangee ergue a cabeça, surpreso. Há medo nos olhos dele quando ele percebe que você está segurando a parca roxa.

– Ah, essa não está à venda. Foi um erro ela ter vindo parar aqui. Por favor, me dê essa peça. Agora!

Você dá uma olhada na parca e ali, perto da gola, o nome de Sangee está escrito com tinta preta. Você olha para frente e o vê vindo em sua direção com um machado de quebrar gelo na mão. Ele ergue o machado. Você joga a parca em cima dele. É o suficiente para assustá-lo. Você corre até a porta, mas ali estão dois homens com cara de durões. Um deles tem barba, e o outro tem cabelos compridos, na altura dos ombros. Você titubeia para a direita, depois para a esquerda, e corre até os machados de quebrar gelo no fundo da loja.

Uá para a página 17.

Corra! Você foge para se salvar! Você se lança por entre as árvores à beira do abismo. Talvez possa se esconder ali. O Yeti é rápido, mais do que você poderia imaginar.

Então, você começa a cair, a escorregar pelo penhasco. Milagrosamente, o Yeti estica o braço e segura você, salvando-o da morte. Ele o leva de volta à barraca, o coloca cuidadosamente no chão e desaparece na noite.

FIM

30

– Certo, então você quer que eu diga qual incenso é o de rosa e qual é o de magnólia. É isso? É um teste? Se eu acertar, você vai; se não, você não vai?

Sangee sorri, exibindo jaquetas de ouro em três dos dentes superiores da frente. Ele concorda com um movimento de cabeça.

– Vamos lá – você diz. – O mais comprido é o de rosa.

Sangee une as mãos, as leva até a testa e faz uma discreta reverência, dizendo:

– *Namastê, bara sahib.* Estou sob seu comando, mestre.

Está decidido. Ele vai acompanhá-lo, porque você fez a escolha certa.

Algumas coisas simplesmente acontecem por acaso. Essa foi uma delas. Você pergunta:

– Para onde devemos ir? Para Annapurna ou para a região do Lhotse e do Everest? O que você acha, Sangee?

– Muitas pessoas viram pegadas de Yeti perto do Everest, mas podemos ter sorte na região próxima a Annapurna e Machapuchare (montanha Rabo de Peixe). A região do Everest foi mais explorada; Annapurna é bem menos conhecida.

Se escolher a região de Annapurna, vá para a página 40.

Se escolher a região do Everest, vá para a página 39.

31

– Sr. Runal, me perdoe. Cometi um erro. Este é o seu país, e precisamos da sua ajuda. Por favor, venha conosco. Será uma honra e um prazer poder contar com a sua companhia.

A sala fica em silêncio. Você se remexe com nervosismo e olha para o palácio e para os jardins através da janela.

Runal não responde imediatamente. Ele mexe num lápis, absorto em pensamentos.

– Agradeço a gentileza. Só posso aceitar se você me der a grande honra de ser o líder da expedição. Se você permitir, posso conseguir dinheiro com o governo, além de suporte tático do Exército Real Nepalês, incluindo helicópteros.

Isso pega você de surpresa. Você é o líder.

Se você decidir permitir que ele seja o líder da expedição, vá para a página 43.

Se disser que não vai ser possível, vá para a página 44.

32

– Aceito com prazer sua oferta. Estou pronto para o conhecimento.

– Venha comigo. – Ele leva você ao mosteiro. Carlos fica para trás.

Você e Runal entram no mosteiro por uma enorme porta de madeira. Está escuro ali dentro, mas você percebe que há um homem sentado no chão. Atrás dele, há uma estátua de Buda. O homem lhe dá as boas-vindas e faz sinal para que se sente diante dele. Você nota que ele usa roupas de monge. Servem chá de manteiga de iaque, uma densa infusão que você tem dificuldade de engolir.

– Escute bem, com o coração, a cabeça e o corpo. Escute com os olhos mais do que com os ouvidos. Escute o grito do Yeti – diz o velho monge.

Você ouve os sinos a distância e o vento nos pinheiros do lado de fora da janela. São lindos.

Você permanece sentado ali pelo que parecem horas, ouvindo com todo o seu ser.

Por fim, o monge diz:

– Agora está na hora de seguir para a próxima jornada.

– Que jornada? – você pergunta. Isso está ficando esquisito demais.

– Uma continuação daquela em que você já está – responde ele.

Se você concordar em seguir a jornada, vá para a página 42.

Se decidir que não está preparado para mudar sua vida para sempre, vá para a página 51.

34

Você deixa o escritório de Runal. Enquanto caminha lá fora, é surpreendido por uma chuva torrencial, que acerta o solo com gotas pesadas. Você planejou a expedição acreditando que as monções já teriam terminado, mas parece que não é o caso.

Você fica preso no hotel por três semanas. As chuvas constantes interditaram as trilhas para os vales por causa dos deslizamentos de terra e pedras. A natureza está descontrolada e sua expedição cancelada definitivamente. Que pena. Tente de novo na próxima estação.

FIM

35

Você desce correndo a trilha com Runal.

Minutos depois, você para de repente. À sua frente há o corpo de um iaque, o touro das altas montanhas. Os chifres foram brutalmente arrancados. Agora, são usados como setas para indicar o caminho até a mata de rododendros e pinheiros.

Você fica paralisado, olhando para a imagem horrível do iaque morto. Os chifres podem indicar o caminho até Carlos, ou podem levar a uma armadilha.

Se optar por levar Runal para a mata com você para garantir maior proteção, vá para a página 47.

Se decidir deixar Runal na trilha como retaguarda e entrar na mata desacompanhado, porque uma pessoa sozinha consegue se locomover mais silenciosa e rapidamente, vá para a página 50.

– Precisamos voltar para o acampamento – você diz.
Runal agarra seu braço.
– Conheço esse grito. É o grito de guerra, de ódio e vingança. Vamos buscar ajuda e voltaremos para apanhar o Carlos.
– Por que estão furiosos? Não fizemos nada a eles.
– Muitas pessoas já os perseguiram. Eles estão cansados – responde Runal.
A trilha agora parece muito mais íngreme. Finalmente, vocês chegam à borda da geleira onde o acampamento foi montado. A luz do sol do fim da manhã está forte e, ao refletir no gelo, quase ofusca sua visão.
O helicóptero está destruído na neve. As hélices estão retorcidas e o vidro, quebrado. Não há sinal do piloto, apenas enormes pegadas – pegadas de Yeti – que levam ao centro da geleira.

Se decidir seguir as pegadas, vá para a página 46.

Se preferir ficar ao lado do helicóptero destruído, esperando por ajuda, vá para a página 45.

37

– Vou trazer o Carlos até aqui. Só que eu não sei bem onde ele está – você diz.

O cano da pistola automática balança, é apontado em sua direção, e então o homem que segura a arma a abaixa e a enfia no bolso. Por enquanto, parece que o perigo passou.

O que você pode fazer para que Carlos não caia nessa armadilha? Você se lembra de um sinal especial usado ao escalar com cordas. Três puxões fortes na corda indicam que há um problema.

– Certo, me arrumem papel e caneta. – Eles lhe entregam o que você pediu, e você começa a escrever.

– Ei, a caneta não está funcionando. Veja!

Você rapidamente faz três riscos no papel. É claro que a caneta está funcionando, então você diz:

– Bem, acho que voltou a funcionar.

Você espera que as três marcas sejam suficientes para alertar Carlos. Você precisa de tempo para planejar sua fuga.

Com sotaque alemão, o homem de barba diz:

– Conte agora o que você sabe sobre o mapa.

Se decidir criar uma história fantástica, vá para a página 48.

Se insistir que não sabe de nada, vá para a página 52.

38

– Nunca, nunca, não vou cair nessa roubada. Se querem o Carlos, saiam atrás dele.

Nesse momento, há uma batida forte na porta.

– Abram, é a polícia! Vocês estão cercados. – A porta se abre, três soldados nepaleses e um policial entram depressa. Carlos está atrás deles.

O policial olha para os desconhecidos e diz:

– Mãos ao alto. Finalmente pegamos vocês. Vão para a cadeia. Contrabandistas são sempre iguais. Felizmente, estamos atrás de seus rastros há três semanas. Quando vocês começaram a seguir esses dois, nós fizemos o mesmo. Carlos nos ajudou. Seus dias de contrabando acabaram.

Você está muito abalado, mas o governo nepalês agora considera você e Carlos heróis e vai dar toda a ajuda para a sua expedição.

FIM

39

Você sempre quis explorar a região do Everest primeiro. É a área onde ficam os vilarejos, e os xerpas são os mais famosos alpinistas e guias de expedições nessas enormes montanhas do Himalaia. Sangee vem de um vilarejo na região do Everest, e só isso já pode ser bem útil para conseguir carregadores e ajuda, se precisarem.

Na mesma semana, você, Carlos e Sangee embarcam num avião monomotor e sobrevoam o Himalaia por mais de duas horas, contornando os montes Pumori e Lhotse, circundando graciosamente o Everest.

A pista de pouso é pequena e muito acidentada. Você fica impressionado com a habilidade com que o piloto do Exército Real Nepalês pousa delicadamente o avião.

O ar é rarefeito à altitude de quatro mil metros, mas a visibilidade é boa. As montanhas, com neve e pedras de gelo, brilham e reluzem. Você fica zonzo tanto pela altura quanto pela beleza do cenário.

Vá para a página 56.

40

Dois dias depois, com as licenças obtidas e os suprimentos comprados, você, Carlos e Sangee começam a longa viagem de Katmandu a Pokhara.

Três dias depois disso, você e seu grupo, além de doze carregadores para os suprimentos, acampam em um descampado acima do vale, perto de um pequeno vilarejo chamado Dhampus.

Nessa noite, depois de um jantar composto de arroz integral e lentilhas, cebola e alho, vocês se sentam diante de suas barracas vermelhas e observam a lua brincar nos flancos cobertos de neve de Annapurna e Dhaulagiri. Tudo está frio e quieto. Você está cansado da escalada, mas feliz por estar vivo e nesse reino mágico. Com o vilarejo escuro logo atrás, você sente como se as pessoas ali fossem as únicas da terra.

Surpreendentemente, você vê uma luz brilhando em Annapurna. E mais uma vez. E mais uma. Pode ser apenas um reflexo, ou outra expedição, ou pode ser um sinal de que alguém está em apuros. Ou, ainda, um sinal dos Yetis.

Se achar que é um sinal, vá para a página 54.

Se achar que se trata apenas de outro grupo de escalada, vá para a página 53.

42

Runal ainda está com você. Ele dá um tapinha no seu ombro, e você se levanta e o segue até a parte posterior do mosteiro, atrás do Buda dourado. O cheiro carregado de incenso de rosa preenche o ar.

– Os Yetis são guias para Shangri-La. Eles levam os escolhidos a um vale oculto, sobre o qual muitos já ouviram falar, mas que poucos viram.

Você assente, tentando imaginar o que vem em seguida.

– Última chance, meu amigo. Vá embora agora e leve uma vida normal com seu amigo Carlos. Siga em frente e vai ter de aceitar a vida do mundo secreto.

Se decidir seguir em frente, vá para a página 58.

Se decidir voltar, vá para a página 60.

43

– Certo, sr. Runal, o senhor pode liderar a expedição. Tenho certeza de que nossos objetivos são os mesmos. Podemos usar a ajuda do seu governo.

As conexões de Runal no governo acabam sendo muito proveitosas. Em pouco tempo, a expedição ganha melhores equipamentos e suprimentos do que os que você teria conseguido sozinho. O conhecimento dele sobre os Yetis se mostra útil. É providenciado um helicóptero para o acampamento-base do Everest. Talvez tenha sido melhor permitir que ele liderasse. É o território dele, e ele conhece bem o lugar.

Vá para a página 20.

44

O telefone toca, rompendo o silêncio na sala. Runal pede licença para atender.

– Sim. Sim. Compreendo... Direi a eles.

Ele se vira para você com o olhar sério.

– Nosso rei está irritado porque pessoas estão perturbando a paz da nossa terra. Ele pede desculpas, mas decidiu fechar as montanhas para todas as expedições. Está na hora de descansar. Os Yetis não são animais. Não vamos permitir que continuem sendo caçados. Sinto muito, meu amigo.

Bem, pelo menos você não precisou recusar o pedido de Runal para liderar.

FIM

45

Você permanece próximo aos resquícios do acampamento, seguindo as orientações de Carlos. Runal concorda que é a coisa certa a fazer.

– Veja, meu amigo, as montanhas altas, esse telhado do mundo, guardam segredos, mistérios, perigos. Nós passamos dos limites. Devíamos esperar para ver o que acontece.

Você espera um pouco, mas decide que tem de fazer algo para salvar Carlos. Talvez aquela senhora tenha mentido. Talvez tenha inventado a história de que Carlos estava com um Yeti. Talvez os gritos estranhos tenham sido feitos com uma trombeta de chifre lá no vale. Talvez tenha sido uma mentira. Mas por quê? Você está confuso.

– Runal, vou voltar para procurar o Carlos. Pode ficar aqui se quiser. Não posso deixá-lo.

Runal concorda, mas permanece ali para esperar por um helicóptero de resgate.

Vá para a página 63.

46

As pegadas levam vocês ao complexo labirinto na geleira. Vocês devem tomar cuidado, porque, ao menor movimento, os blocos de gelo podem se desfazer. É uma zona mortal! E então, de repente, as pegadas terminam. Simplesmente terminam, como se o dono dos pés repentinamente tivesse criado asas e voado.

Você olha ao redor, para a cintilante neve compactada, para os tons acinzentados e marrons da rocha cercada pelo gelo. Acima, vários pássaros enormes sobrevoam. No topo das montanhas, a neve se forma e lembra uma fumaça sendo levada pelo vento.

Você e Runal permanecem observando as montanhas, maravilhados, e momentaneamente se esquecem da missão.

Algo chama a sua atenção. É um pedaço de náilon vermelho preso a uma pedra de gelo. Será da barraca de Carlos? Você analisa e, quando se detém para pegá-lo, ouve um barulho inesperado.

Vá para a página 62.

47

Cuidadosamente, você e Runal entram na mata. A luz fraca da manhã ilumina muito mal o lugar escuro. Vocês dois tomam o cuidado de não fazer barulho.

Runal puxa a manga da sua blusa e aponta para os galhos de um pinheiro. Pendurada nos galhos, há uma mochila vermelha. Você se aproxima dela com cautela. Parece a que Carlos estava carregando. Pode ter sido tirada dele, ou ele pode tê-la deixado como um sinal.

Se você decidir voltar para pedir mais ajuda, vá para a página 64.

Se assobiar imitando o pio de um pássaro, sinal que você e Carlos usam como código de emergência, vá para a página 66.

48

– Bem, a história é a seguinte: sou o príncipe de uma tribo de seres superiores do continente perdido de Atlântida. Vivemos sob o mar na costa da África. Agora estamos prontos para unir forças com os Yetis, uma tribo do planeta Borodoz que habita as montanhas há trezentos anos.

Os três olham para você e começam a rir. Um deles diz:

– Claro, e eu sou o Júlio César, e aqui está a Cleópatra. – Todos riem da piada.

Isso lhe dá tempo de pegar seu canivete suíço. Você corta algumas cordas que estavam penduradas no teto. Uma barraca que estava em exposição cai em cima dos seus inimigos. Você foge bem na hora.

Por enquanto, você deixa de lado os suprimentos e procura a polícia. Mais tarde, decide cancelar a expedição nessa temporada. Sempre haverá outra oportunidade.

FIM

Carlos está no meio de um grupo de pessoas. Enquanto você observa surpreso, algumas delas mudam de forma diante de seus olhos. Num momento são Yetis, e logo em seguida são unicórnios. Sorrindo, Carlos fala com você.

– Bem-vindo. Você terminou uma viagem muito difícil e descobriu o caminho para o conhecimento. Agora, tem início a verdadeira jornada.

FIM

50

Você se pergunta por que está fazendo isso. Sabe-se lá o que existe ali. Mas Carlos está em perigo, então você entra na mata. A luz fraca mal penetra por entre os pinheiros. Depois de quinze minutos de lento progresso, você encontra uma cerca muito estranha. Parece feita de um tipo de alumínio ou aço inoxidável.

Você a testa e um portão se abre. Estranho que não estivesse trancado. Um caminho batido leva a um penhasco. Na base do penhasco, há um estranho entalhe.

Uma porta vermelha leva a um muro de pedra, e um caminho segue para longe do muro. E agora?

Se decidir entrar, vá para a página 68.

Se decidir seguir pelo caminho, vá para a página 67.

51

Você se levanta e caminha em direção à porta. Uma barreira invisível o detém. O monge sorri. Talvez ele compreenda seus sentimentos conflituosos.

– Não estou muito feliz por estar aqui. Estou assustado.

O monge diz:

– Nada é fácil; muitas coisas são assustadoras. Se quiser sair, saia. Você vai voltar quando estiver pronto.

Você agradece ao monge. Dessa vez, nada o impede de passar pela porta. Vários minutos depois, você olha para trás, sem saber se tomou ou não a decisão certa. Suas lembranças dos últimos acontecimentos estão fracas, falhadas, desaparecendo...

FIM

52

– Não sei de nada, nada.

O homem de barba olha para você com raiva e diz:

– É o que todos dizem. Vamos parar por aqui. Essa expedição em busca do Yeti é uma farsa. Eles são da Interpol.

– Ei, podemos fazer um acordo. – Você não tem ideia de que tipo de acordo pode oferecer, mas precisa ganhar tempo. Então, para sua grande surpresa, Sangee abre a porta dos fundos e seis homens com armas em punho entram.

– Os senhores estão presos. – Ele mostra um distintivo e sorri para você. – Sinto muito, meu amigo. Você veio aqui na hora errada. Tive que atacar você para que esses dois não desconfiassem. O mapa que você encontrou vai nos levar às coisas que eles esconderam. Boa sorte na sua expedição.

FIM

53

– Vamos observar. Acho que é apenas alguém brincando com uma lanterna.

Durante as duas horas seguintes, você se senta e observa o local de onde veio a luz. Mas ela se apagou. Está frio agora, e você está feliz por ter seu casaco. As estrelas brilham, e você se surpreende com a imensidão das montanhas à sua frente. Não é à toa que tantas pessoas se sentem atraídas por elas.

Você se deita, cansado pela longa caminhada e ansioso para continuar a busca pelo Yeti. Quatro horas depois, às duas da manhã, você é despertado por um gemido perto da sua barraca.

– Yeeeee. Ah, ah, ah!

– Yeeeee. Ah, ah, ah!!!

Você abre o zíper da barraca e espia a escuridão.

Ali, perto de uma pilha de equipamentos, há uma massa escura. Talvez seja um Yeti. Você procura sua câmera. Talvez possa tirar uma foto.

Então, a grande massa avança em direção às barracas onde Carlos e Sangee estão dormindo.

Se quiser tirar a foto, vá para a página 72.

Se decidir agarrar um machado de quebrar gelo para tentar assustar a criatura, vá para a página 73.

54

– Veja aquela luz piscando, Carlos! – A luz pisca três vezes de novo e para. E então mais uma vez. – O que você acha? Pode ser um problema.

Sangee diz:

– Pode ser um sinal de emergência. Mas está longe demais daqui, do outro lado do vale e logo abaixo da geleira. A gente pode ir, ou posso voltar a Pokhara e relatar o caso às autoridades.

Vá para a próxima página.

– Quanto tempo você levaria para voltar a Pokhara?
– Posso ir mais depressa que o grupo todo. Talvez demore um dia, e eles enviariam um helicóptero. Sem ajuda de fora, podemos fazer muito pouco se alguém estiver em apuros. Mas pode ser que precisem de ajuda depressa.

Você deve atender imediatamente o pedido de ajuda?
Se sim, vá para a página 70.

Se optar por deixar Sangee voltar a Pokhara para buscar socorro, vá para a página 69.

56

– Esta noite, vamos ficar na casa de um amigo. Precisamos descansar e nos acostumar ao ar rarefeito. – Sangee lidera o caminho até um agrupamento de casas de pedra. São casas simples e graciosas. Nas pequenas varandas, há homens, mulheres e criança sentados, bebendo chá. As galinhas bicam tufos de grama. No céu, pássaros pretos com envergadura de quase três metros voam cada vez mais alto. Numa ponta do vilarejo, há diversos mastros sustentando bandeiras de prece compridas e estreitas, que serpenteiam ao vento suave.

Durante todo o tempo, você tem consciência da imensidão das montanhas. Nunca esteve num lugar tão silencioso.

Vá para a próxima página.

57

Durante três dias, vocês permanecem nesse pequeno vilarejo, fazendo caminhadas curtas, testando as pernas e os pulmões à altitude. Na tarde do terceiro dia, Sangee diz que vocês estão prontos.

– Vocês estão fortes. O coração de vocês está mais calmo agora. A respiração, muito melhor. Estamos prontos para a difícil escalada a essa altitude. Devemos nos apressar. Ouvi relatos de que os Yetis estão ativos na cascata de gelo de Khumbu, no Everest.

Ele faz uma pausa, olha para você e em seguida para Carlos.

– A caminhada na cascata de gelo é longa, difícil e perigosa. Grandes blocos se desprendem da geleira e se empilham como blocos de montar. O gelo pode rachar e se abrir quando a gente menos espera. Muitos morreram nesse lugar. Ninguém sabe para que lado ir. De repente, grandes rachaduras se abrem perto de você e toneladas de neve cedem sem aviso prévio. Talvez seja por isso que os Yetis gostam dali. Poucas pessoas se arriscam a chegar ao local.

Você compreende o risco. Todo mundo sabe que muitas mortes ocorrem nessas regiões. Você tinha esperanças de que pudesse evitar os perigos de Khumbu, mas as recentes aparições do Yeti são tentadoras. O que fazer?

Se quiser correr o risco, vá para a página 74.

Se não tiver certeza, vá para a página 76.

– Estou pronto, Runal. Vá em frente.

Runal dá três tapinhas nas costas do Buda, perto do ponto onde o crânio se une ao pescoço. O barulho que se ouve parece o de címbalos.

Impressionante! À sua frente, há um ser de mais de dois metros de altura, com ombros largos e pés enormes. Seu rosto é delicado e gentil. Você não está com medo.

Runal o apresenta.

– Este é Zodak. Ele é seu guia especial. Acompanhe-o, pois ele vai levá-lo aonde você deve ir.

– Posso me despedir do Carlos?

Vá para a próxima página.

– Não é o comum. Não aconselho que faça isso; ele pode ficar angustiado e você também. No entanto, se desejar, pode dizer adeus.

Se realmente quiser se despedir de Carlos, vá para a página 77.

Se decidir não dar adeus, vá para a página 79.

60

Mundos secretos. É tudo muito assustador.

Na sua opinião, você ainda não está pronto para esse tipo de coisa. Quer explorar o mundo em que vive agora. Talvez Runal seja louco. Talvez seja um sequestrador. Você não tem como saber.

Você pode sair do mosteiro, encontrar Carlos e continuar a expedição.

Foi para isso que atravessou meio mundo e é isso que pretende fazer. Você apanha Carlos na frente do mosteiro e continua a busca pelos Yetis.

Meses depois, ainda não está nem perto de um resultado. Os Yetis são arredios e você está sem dinheiro. Tentou tudo o que podia. As palavras de seu avô lhe ocorrem: "Todo mundo tem o direito de fracassar. Arrisque-se; viva a vida!"

FIM

61

– Bem, obrigado por virem. Pensamos que seria interessante estudar vocês, e teria sido difícil para nós viajar ao seu país. – O Yeti dá uma baixa e longa risada. Os outros sorriem. Você olha para Runal, para o piloto do helicóptero, para as montanhas que os cercam.

O Yeti continua:

– Seu amigo está em segurança. Ele será trazido de volta mais tarde. Agora, nós já estamos cansados de vocês, e esperamos que sintam o mesmo por nós.

Os Yetis saem andando e desaparecem no meio do gelo.

Você encontra o caminho de volta ao helicóptero destruído. Carlos está ali, sem ferimentos, como disseram. Seu único arrependimento é não ter tirado uma foto.

Você tem de esperar vários dias até que outro helicóptero os encontre e faça o resgate. Cansado e um tanto decepcionado, você promete continuar sua busca por outras formas de vida em regiões distantes do planeta.

FIM

62

Quatro Yetis saltam de trás de dois enormes blocos de gelo. Você e Runal são capturados imediatamente. A força dos Yetis é inacreditável. Seus braços são amarrados com firmeza. Eles carregam vocês como se fossem sacos de arroz e os levam ainda mais para dentro dos montes de neve. Finalmente, vocês são colocados no chão, e bem ali à sua frente está o piloto do helicóptero. Ele não está ferido. Um dos Yetis fala.

Uá para a página 61.

63

Você começa a descer pelo caminho e, diante de seus olhos, uma massa redonda e laranja aparece. Ela se aproxima de você. Tem quase o tamanho de uma bola de futebol.

Zap! Você é atingido por um raio de luz. Parece que está sendo mergulhado em água quente salgada. É agradável e afasta todo o medo. Você não quer correr nem se esconder dessa criatura, seja lá o que ela for.

– Ei, tudo bem. Não sou seu inimigo. Não sou mau. Quem é você, ou... o que é você? – Você fica parado, e várias outras esferas brilhantes se reúnem ao seu redor.

– Terráqueo deseja conhecimento. Terráqueo amigo. Liberar feixe de luz. Sensor indica que terráqueo é honesto e diz apenas a verdade.

O feixe de luz se apaga, de uma maneira que faz você sentir falta do conforto do seu calor.

– Gostaria que Carlos estivesse aqui – você diz.

Diante de seus olhos, seu amigo aparece!

– Carlos! O que aconteceu? De onde você veio? Que coisa estranha.

Vá para a página 65.

64

– Vamos voltar!

Runal concorda. Isso parece muito uma armadilha. Você acredita que Carlos deixou a mochila como um aviso para você.

Quando sai do matagal, você vê uma criatura enorme, de dois metros de altura ou mais, pesando pelo menos cem quilos, com pelo curto e avermelhado cobrindo o corpo. A criatura tem a cabeça grande. Seus pés são muito largos e compridos. Ela está sentada ao lado do iaque morto, se alimentando dele.

Você está quase paralisado de medo. Mas esta pode ser sua única chance de conseguir uma foto!

Se quiser tirar fotos, vá para a página 78.

Se quiser voltar para a mata, vá para a página 80.

Carlos sorri para você.

– Ei, seu desejo se realizou. É assim que as coisas são com os movidianos. Se gostam e acreditam em você, então seus pensamentos e desejos se tornam reais. Estou há dois dias com eles. Aqui nas montanhas, as coisas parecem bem evidentes e fáceis de entender. Essas criaturas mecânicas, bem, são seres superiores, que usam as montanhas como base na terra.

Ouve-se um murmúrio, como gatos ronronando. Vem das três criaturas que Carlos chama de movidianos.

Uma delas volta a falar com a voz alta, mecânica e ressonante.

– Está na hora de uma decisão. Convidamos vocês para irem conosco ao Planeta dos Mares, no Vão das Sete Luas. Aceitam o convite?

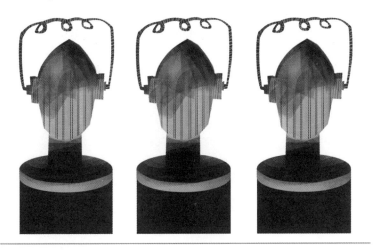

Se decidir aceitar, vá para a página 85.

Se recusar, explicando que vai continuar a busca pelo Yeti, vá para a página 87.

– Fii fiiiu, fii fiiiu, fii fiiiii.

Você tem dificuldade para assobiar, está nervoso. Então, repete o sinal, mais alto desta vez.

– Fii fiiiu, fii fiiiu, fii fiiiii.

De repente, ouve-se um som de arbustos e galhos. Você e Runal se afastam, prontos para a ação. Carlos sai do mato, vê vocês dois e grita:

– Corram, corram!

Ele tem uma máquina fotográfica pendurada no pescoço, e vocês três saem da mata em direção à trilha. Você segue em frente até não ter mais para onde ir. Puxando o ar com dificuldade, Carlos conta que o Yeti o carregou até a mata e permitiu que ele fotografasse um grupo de dezesseis Yetis. Eles disseram que agora ele já tinha o que precisava e que queriam ficar sozinhos.

– Bem, por que fomos convidados? – você pergunta.

– Para me ajudar a voltar, acho. Eu não fazia ideia de onde estava.

Vocês voltam para o helicóptero e retornam a Katmandu com as primeiras fotos que o mundo viu dos Yetis. Agora você é famoso. E é o início de uma grande carreira.

FIM

67

A porta é assustadora demais. Como saber o que há atrás dela? O caminho pelo menos é aberto. Você observa o penhasco, olha mais uma vez para a porta e se esgueira pelo caminho.

Cerca de cinquenta passos depois, você está encostado na parede inclinada de uma enorme rocha. Parece não haver saída. Atrás de você, o caminho desaparece num labirinto de árvores. Você escuta o grito alto e debochado do Yeti.

Um som estrondoso faz você olhar para cima. Uma enorme avalanche desce a mais de trezentos quilômetros por hora.

Vá para a página 93.

68

Com o coração batendo tão forte a ponto de achar que o mundo inteiro pode ouvir, você abre a porta vermelha. Ali dentro, há um túnel com paredes lisas iluminadas por uma luz cor-de-rosa. Não há sinal de vida.

O túnel se estende por vários metros e então termina repentinamente. Você se vê de pé num longo e estreito vale com paredes íngremes que levam a altos picos cobertos de neve, provavelmente Lhotse e Pumori, pela aparência. O vale é quente, repleto de plantas com botões e árvores, bem protegido dos ventos fortes.

Um menino de oito ou nove anos está sentado num banco entalhado. Ele sorri para você e diz, no seu idioma:

– Bem-vindo. Acreditávamos na sua chegada. Seu amigo Carlos está ansioso para vê-lo.

– Onde o Carlos está?

– Ah, não está longe. Se quiser se unir a ele, deve concordar em nunca mais voltar ao mundo de onde veio. Você entende?

Se quiser ver Carlos, vá para a página 83.

Se decidir sair daquele lugar, vá para a página 81.

69

– Então vá, Sangee. Vamos ficar de olho aqui.

Ele desaparece na noite escura. Não há vento, apenas o silêncio das montanhas, o céu e as estrelas. Em algum lugar a distância, você ouve o barulho de água correndo e caindo das geleiras que cercam Annapurna.

Carlos diz:

– A gente devia ir ajudá-los. Eu me sinto um egoísta sentado aqui em segurança.

Então, perto do amanhecer, vocês partem sem o guia. O caminho é árduo, e vocês não veem mais os flashes de luz. Acima, Annapurna se eleva, com suas encostas brancas de gelo e neve. Então, o céu se ilumina, e as estrelas desaparecem no céu azul-claro. A luz do sol incide sobre Machapuchare. E o lugar parece explodir em tons dourados e prateados. Em minutos, a luz chega a Annapurna.

Vocês param e tomam um frio café da manhã: pão com queijo e chá para acompanhar.

Vá para a página 84.

70

Vocês demoram a maior parte da noite para descer a trilha íngreme até o vale. Quando chegam ali, começam a subir o enorme Annapurna, se arrastando pelas pedras e beirando a geleira. Está frio, e a noite parece longa para vocês três.

Diversas outras vezes, você vê raios de luz. Agora tem certeza de que fez a coisa certa. Alguém precisa de ajuda.

Perto do amanhecer, Carlos diz:

– Parem! Acho que vi alguma coisa.

Bem diante de seus olhos está aquilo pelo que você veio. Dançando ao redor de uma grande fogueira, há onze Yetis. Você encontrou por acaso uma celebração de Yetis no fim das monções! Você observa calado, tirando fotos e fazendo anotações. Finalmente você tem provas de que os Yetis existem.

Meses depois, em Paris, na Conferência Internacional de Exploradores, você e Carlos recebem pelo trabalho o maior prêmio oferecido. O sucesso é ao mesmo tempo empolgante e solitário. Boa sorte.

FIM

72

Clique! A câmera digital brilha com seu flash movido a pilha.

Que criatura! É um Yeti de verdade! Ele tem o corpo enorme e peludo, a cabeça gigantesca e pés enormes. Ele se assusta com o flash e vê você. Parte em sua direção, fazendo sons horrorosos – meio que rosnando, meio que gorgolejando.

Se decidir partir na direção dele, vá para a página 29.

Se permanecer parado e acionar a câmera na esperança de assustá-lo, vá para a página 98.

73

Você ergue o machado de gelo. O Yeti, com os olhos brilhando, o arranca da sua mão, quebra o machado como se fosse um graveto e joga os restos penhasco abaixo.

A criatura fala num tom controlado:

– Deixe-nos em paz. Seu mundo já tem coisas demais. Se quiséssemos o que vocês têm, suas cidades, seus crimes, suas guerras, teríamos nos unido a vocês. Mas não queremos nada disso. Deixe-nos em paz. É um aviso.

Depois disso, o Yeti vai embora. Você fica parado olhando para ele. O que você vai dizer à Fundação Internacional para Pesquisa de Fenômenos Desconhecidos?

FIM

74

Vocês seguem para a cascata de gelo. O sol transforma os montes gelados de Khumbu em gigantescos painéis solares. Você estreita os olhos, apesar de estar com os óculos de proteção. Sua parca está dentro da mochila e você está só de camiseta. Sangee vai na frente, contornando com cuidado os enormes blocos de gelo, batendo na neve com o machado sem parar, para detectar aberturas escondidas – um sinal de que há perigo.

Vocês três estão unidos por uma fina corda vermelha e amarela, que se estende entre vocês.

De repente, três Yetis saltam em um monte acima de vocês e empurram um enorme bloco de gelo, que balança e então começa a cair lentamente, mas vai ganhando velocidade

conforme rola na sua direção. Outros blocos começam a desabar e vocês ficam presos para sempre num mar de gelo.

Você nem ao menos conseguiu ver os Yetis. Só ouve um gemido distante, ecoando no vale tomado de neve.

FIM

76

– Vamos pensar melhor, Sangee. É perigoso andar nas cascatas de gelo. As chuvas enfraqueceram o gelo e a neve. Talvez seja um sinal para deixarmos essa criatura em paz.

Sangee concorda, balançando a cabeça.

– Como quiser, *bara sahib*, como quiser.

Naquela noite, todos os seus equipamentos desaparecem misteriosamente. É mais um sinal para deixar as coisas no alto das montanhas como estão. Os Yetis têm seu próprio estilo de vida e não querem que você ou qualquer outra pessoa os incomode.

Pesaroso, você decide se retirar e deixar os Yetis vivendo em paz no topo do Himalaia. Você sabe que é a coisa certa a fazer.

FIM

77

Você sai da sala. Zodak, o Yeti, o acompanha. Carlos está do lado de fora, como você o deixou. Está congelado no tempo. Ele não consegue ouvir o que você diz, nem você consegue ouvi-lo. Você se tornou parte de um mundo diferente. Começa a perceber algumas das consequências da sua decisão de ir a Shangri-La.

Você se despede de Carlos, apesar de ele não ser capaz de ouvir o que você diz, e segue Zodak de volta ao mosteiro.

Uá para a página 79.

78

Runal se afasta da criatura. Você avança muito silenciosamente e destampa a lente de sua câmera digital.

Com um joelho no chão, você posiciona a câmera, enquadrando o Yeti e a refeição dele, com a vista do Lhotse e do Everest ao fundo.

A câmera digital registra múltiplas imagens do Yeti. Ele interrompe a refeição e olha ao redor. Fareja o ar. E então vê você.

Vá para a página 86.

Zodak faz sinal para você segui-lo. Ele dá um enorme passo no ar. Você observa com espanto conforme ele caminha a um metro do chão. Então, você dá um passo e também fica suspenso acima do chão do mosteiro. Você está levitando.

Vupt! Vocês dois saem do mosteiro, através das paredes, em direção ao céu. Vocês viajam a velocidades inimagináveis. Você sobe num ritmo alucinante, até que ambos pousam no topo pontudo e coberto de neve do monte Everest. Abaixo, você observa geleiras, montanhas, vales. Vê o mundo de cima.

Zodak aponta para uma estreita abertura perto do ponto mais alto do Everest. Ele diz:

– Esse é o caminho para Shangri-La. – Dá três passos, entra na abertura e desaparece de vista.

Vá para a página 82.

80

– Entre na mata de novo! Rápido!

Você e Runal saem correndo. O Yeti está tão ocupado comendo que não presta atenção no barulho que vocês fazem.

– E agora? Não podemos voltar por esse caminho onde o Yeti está e não podemos ir mais a fundo na mata onde estão os outros.

Quando você termina de falar, os arbustos à sua frente são empurrados para o lado. Três Yetis param diante de vocês. O maior deles faz um gesto para que o sigam. Não há escolha, a não ser fazer o que ele está pedindo. Os outros dois Yetis seguem você e Runal. Qualquer possiblidade de fuga é descartada.

Os pinheiros e rododendros logo dão espaço a uma pequena clareira. No lado mais afastado, há um penhasco liso com cerca de cem metros de altura. Em um monte de rochas na base do penhasco, há um grupo de Yetis, com idade e tamanho variados. Carlos está com eles. Ele parece bem.

– Carlos! Ei, Carlos! O que está acontecendo?

Ele ergue as mãos e diz:

– Ouça o que eles têm a dizer.

Vá para a página 90.

Provavelmente, o melhor a fazer é sair dali. Não procurar sarna para se coçar. Mas e o Carlos?

Você espera pelo retorno dele, e espera e espera e espera e espera...

FIM

Você dá uma última olhada na terra ao seu redor. Vê as nuvens se aproximando das secas planícies de Punjab, na Índia. Vê a curva da terra. Vê a esteira de fumaça deixada por um avião ao sul.

Você entra na estreita abertura. Está quente, brilhando com o reluzir de um metal que você desconhece. Você paira no ar no estreito tubo de metal. Na verdade, você está se movendo a uma grande velocidade pelo centro do Everest. Há um brilho cor-de-rosa ao seu redor.

Onde está Zodak? Que belo guia, você pensa, deixou você sozinho. O que vai acontecer agora?

Vá para a página 95.

83

Você tem a esperança de que, quando encontrar Carlos, vocês dois vão poder planejar uma fuga. A criança, que está vestindo uma túnica marrom, parecida com aquelas usadas por monges budistas, caminha com você vale adentro. Como num passe de mágica, o vale parece uma cidade de luz. Seu brilho encanta, mas a luz não chega a cegar. O medo desaparece.

Vá para a página 92.

84

Em pouco tempo, vocês estão em uma parede vertical de rocha. Acima dela, você vê a superfície de gelo. Carlos segue na frente; vocês se amarram na corda, colocam os grampos e começam a subir a rocha lentamente.

No alto, você vê um firme campo de neve. Mas, embaixo dele, há gelo intenso e rígido. Vocês têm de continuar com os grampos nas botas. Você segue na frente, espetando o machado cuidadosamente em busca de rachaduras escondidas.

A subida parece não ter fim, e, apesar de vocês estarem a apenas cinco mil metros de altura, o ar é rarefeito e respirar é difícil.

No meio da manhã, o sol age como um alto-forno. Reflete no gelo que os cerca e, no ar rarefeito, os raios ultravioletas queimam sua pele. Vocês dois passam creme à base de sulfato de zinco no nariz e nos lábios.

Você tinha um ponto de referência quando viu os flashes, mas estava escuro. Agora, à luz do dia, não é fácil distinguir de onde estão vindo. Mas você tem bom senso de direção, então segue em frente.

Perto do meio-dia, vocês se aproximam de um cume e então veem. É um avião Pilatus do serviço de encomendas, usado para voos nas montanhas. Ele está caído na neve, amassado como um brinquedo abandonado. A cauda está torta, mas as asas estão intactas. O motor está enterrado na neve.

Ao chegar ao avião, você abre a porta da cabine. Encolhidos dentro da aeronave, estão o piloto e dois passageiros. Um deles está inconsciente. Você faz o que pode pelas pessoas; mais tarde, um helicóptero do governo encontra vocês. Está tudo bem. Você fez o certo em ajudar. Parabéns pelo bom trabalho.

FIM

Você e Carlos decidem que é uma oportunidade boa demais para deixar passar. Você não sente medo nem hesitação. Talvez isso tenha a ver com o feixe de luz que parecia afastar o medo e a dúvida.

O líder dos movidianos se aproxima. Você tem até a impressão de que ele está sorrindo, apesar de não ter rosto.

– Como devemos chamá-lo? – você pergunta. Por um instante, há apenas o som de circuitos elétricos.

E então o movidiano responde:

– Pode me chamar de Norcoon. Sou um X52 Duplo A, um ser ativador móvel e inteligente. Sou o líder deste grupo avançado. Vamos chamar vocês de Terra Um e Terra Dois.

Com um sibilo, as criaturas se abaixam, se sentam no chão e brilham. Norcoon diz:

– Por favor, é mais fácil viajar ao Planeta dos Mares, no Vão das Sete Luas, se se livrarem do corpo e deixarem a mente livre.

Você olha para Carlos. O que essa criatura quer dizer com "se livrar do corpo"?

– Como? Afinal, nós somos o nosso corpo – diz Carlos.

Norcoon vira o feixe de luz para vocês e, mais uma vez, você sente o calor e o prazer que sentiu antes. O medo desaparece e, quando se dá conta, você está livre.

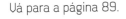

Vá para a página 89.

86

Você fica paralisado. A câmera escorrega das suas mãos.

O Yeti salta rosnando e parte em sua direção. Quando você se dá conta, já está nas garras dele.

Runal dá um pulo para frente, balançando o machado que usa como cajado. Ele acerta o Yeti três vezes nos ombros com a superfície plana do machado. Os golpes não dão resultado.

Do nada, ouve-se um assobio, e o Yeti de repente larga você no chão. Você está em choque e não consegue se mexer.

A mulher da casa aparece.

Vá para a página 88.

87

– Não, a gente não pode ir. Precisamos terminar a expedição. – Você sente o medo voltar. Não confia nessa coisa.

De repente, os movidianos acendem o feixe de luz. *Zupt!* Carlos é atingido pelo feixe e desaparece.

O movidiano líder diz:

– Criatura da Terra, não seja tolo. Junte-se a nós. Você nunca se arrependerá.

Você vai em direção à lateral da trilha. Sem movimentos precipitados, apenas passos lentos, que parecem não perturbar essas estranhas criaturas. Você fala o tempo todo.

– Conte mais. Afinal, como é o Planeta dos Mares?

– Ah, é lindo. Você vai gostar. É um de nossos domínios superiores. Apenas criaturas bem-sucedidas da Terra podem chegar ali.

Você pergunta:

– O que você quer dizer com criaturas bem-sucedidas da Terra? O que torna Carlos e eu tão bem-sucedidos?

O movidiano brilha num tom laranja mais forte. Você se abaixa, pega uma rocha do tamanho do seu punho e, com um movimento, lança-a na direção da esfera brilhante. Bem nesse instante, vários Yetis chegam correndo. Eles empunham grandes porretes. Movimentam-se rapidamente contra os movidianos, se esquivando dos feixes de luz. Com um gorgolejo, seguido de um rápido zumbido, as figuras partem.

Carlos reaparece e, cientes de que os Yetis são seus aliados, vocês começam a aprender a se comunicar com eles.

FIM

88

A mulher fala rapidamente num idioma que nem você nem Runal conseguem entender. Parece mais uma série de rosnados baixos misturados com estridentes assobios. O Yeti parece ficar quieto, quase dócil. Ele e a mulher desaparecem na mata, deixando vocês dois atônitos e confusos, mas em segurança para voltar a Katmandu com as fotos.

Anos mais tarde, você diverte seus netos com histórias sobre quando encontrou os Yetis.

FIM

Mente pura, sem matéria.

Norcoon assente e lhes oferece lugar dentro do transportador mecânico. No veículo em forma de abóbora, há espaço suficiente para você, Carlos e todos os seus pensamentos.

– Agora, meus amigos, estamos a caminho do Planeta dos Mares. É onde terminam todos os pensamentos.

Você se vira, confiante de que um dia vai voltar mais sábio e capaz de ajudar outras pessoas num mundo onde as coisas não estão indo muito bem.

FIM

90

Você e Runal são levados para se sentarem diante do grupo de Yetis. Os guardas permanecem inquietos atrás de vocês. Um Yeti de estatura mediana, com pelos acinzentados, se levanta e olha para vocês.

– Vocês queriam nos encontrar. Bem, aqui estamos. Se quiserem, tirem fotos. Se quiserem, gravem nossa voz. Mas ouçam bem, escutem e aprendam, então todos vão se beneficiar.

A voz dele é firme mas tranquila, acabando com seu medo. Runal está sorrindo. De repente, lhe ocorre que talvez ele soubesse o tempo todo o que estava se passando.

O Yeti caminha lentamente ao redor do círculo de seres. Ele para, olha para o céu e para as montanhas e fala.

Vá para a página 94.

Uma última chance, é isso? É o que você quer? Tudo bem. Vamos lá. Vamos sair do vale de Shangri-La e voltar para o mundo real. É diferente? Você pode fazer o que quiser? Pode realizar os seus sonhos? Pode aproveitar a vida por inteiro? Ou precisa se contentar com alguns limites?

FIM

92

Com movimentos deslizantes, você voa por um caminho. Parece que já esteve ali antes.

– Chegamos. Por favor, entre. – O menino aponta para uma construção iluminada. Você se lembra do Taj Mahal, mas esse prédio tem muito mais torres, e o domo principal é cercado por centenas de outros menores, quase como pétalas de flor.

Você dá diversos passos e então sente o empuxo de uma força parecida com a magnética. Você é mantido naquele campo de força por vários segundos e então é transportado à sala mais escondida do prédio.

Vá para a página 49.

93

Você se encolhe contra a parede da rocha. A avalanche vem. Milagrosamente, você sai ileso, apenas engasgado com os cristais de gelo no ar.

Talvez esteja na hora de voltar para a porta vermelha.

Vá para a página 68.

94

– No começo dos tempos neste planeta, a vida era difícil, mas simples. A sobrevivência era o que nos mantinha unidos. Tirávamos a vida dos seres dos quais precisávamos nos alimentar. Nada mais.

Um vento leve balança os galhos dos pinheiros. O Yeti continua a história.

– Mais tarde, os humanos descobriram o fogo, passaram a viver em vilarejos, depois em pequenas cidades e então em cidades cada vez maiores. Fizeram armas para caçar e para se proteger dos animais e de outros homens. Depois, começaram a guerrear uns contra os outros. Nós, Yetis, nos afastamos, alheios à guerra e às cidades. Continuamos nos afastando até não termos mais para onde ir. Então, aqui estamos, no topo das montanhas, onde pensamos que estaríamos em segurança.

– Mas vocês estão em segurança. Nós não queremos machucá-los.

– Talvez não vocês, mas há outros que querem. Deixem-nos em paz. Voltem para sua terra. Se querem cidades e guerras e essa coisa que chamam de poluição, vivam com elas ou se livrem delas. Mas nos deixem em paz.

O grupo de Yetis assente, concordando. A reunião terminou, e você, Carlos e Runal podem sair. Você decide não tirar fotos nem gravar vozes. Também decide sugerir à Fundação Internacional para Pesquisa de Fenômenos Desconhecidos que seria melhor estudar o tal mundo civilizado.

FIM

95

Com um suave solavanco, você para. À sua frente, há uma porta de vidro. Você a abre. Ali está Zodak.

– Entre. Bem-vindo a Shangri-La.

Você sai num vale verde-escuro cercado por montes baixos. A distância, há altas montanhas. Uma delas parece o Everest. Você ouve uma música diferente de todas que já ouviu até hoje. É de certa forma parecida com o som do mosteiro, os sinos e o vento. A luz do sol é quente e relaxante.

Vá para a próxima página.

Zodak conduz você por um longo caminho, até um prédio de sete andares. Parece uma fortaleza, pintada de branco, vermelho e dourado. Não há soldados nem armas, apenas pessoas que sorriem e cumprimentam você como se o conhecessem há muito tempo.

Tudo parece tão natural. Você se vira para Zodak e se assusta. A forma dele mudou. Agora, ele é igualzinho a você! O que isso significa?

Apesar de não descobrir o motivo, você toma conhecimento de muitas coisas ao permanecer no vale. Você tem a chance de experimentar diversas atividades que nunca havia experi-

mentado antes – mas apenas o que há no vale. Você aprende a ficar feliz dentro dos limites do pequeno vilarejo.

Arrependimentos?

Vá para a página 91.

98

A luz do flash da câmera digital não para de piscar. O Yeti para, procura alguma coisa freneticamente, talvez um amigo, então se vira e com uma velocidade impressionante desaparece na noite.

Infelizmente para você, o obturador da sua câmera digital se fecha misteriosamente.

FIM

Você olha para Runal, para o mosteiro e para Carlos.

– Não, eu não estou pronto para aceitar sua oferta.

Assim que você pronuncia essas palavras, nuvens tomam o estreito vale. É como se as montanhas desaparecessem, e o mosteiro é engolido pela escuridão. Runal lhe dá as costas e age como se falasse com o vento.

– Sinto muito por você não aceitar. Como você acha que não pode continuar, a expedição está encerrada. Todas as licenças estão revogadas. Você deve voltar a Katmandu e sair do país em vinte e quatro horas.

O tom objetivo na voz de Runal deixa claro que você não tem escolha. Sua viagem acabou.

FIM

{ TESTE }

Se você encontrou o Yeti ou ficou preso no topo de uma montanha, teste seus conhecimentos sobre o livro *O Abominável Homem das Neves*:

1) Qual cadeia de montanhas você explorou?
   a. Himalaia
   b. Andes
   c. Montanhas Rochosas
   d. Montanhas Verdes

2) Quem você encontra primeiro que se oferece para ajudá-lo a procurar Carlos?
   a. O Yeti
   b. Franz
   c. Runal
   d. O tio de Carlos

3) Onde você encontra Sangee?
   a. No topo do monte Everest
   b. Numa expedição japonesa na montanha
   c. No voo de helicóptero para encontrar Carlos
   d. Numa loja em Katmandu

4) O que você encontra no bolso da parca roxa na loja de Sangee?
   a. Um crânio e um mapa
   b. Uma bola de cristal e uma carta
   c. Um jornal e uma pedra
   d. Um pedaço de pano

5) Entre quais países se localiza o Himalaia?
   a. Chile e Argentina
   b. Índia e China
   c. Estados Unidos e Canadá
   d. Islândia e Groenlândia

6) Quem tem conhecimentos secretos sobre o Yeti?
   a. Franz, o líder de expedição que você conheceu na América do Sul
   b. Seus pais

   c. O diretor de Pesquisa sobre Expedições e Montanhas
   d. Os monges budistas

7) Quais os três picos mais conhecidos do Himalaia?
   a. Everest, K2 e Annapurna
   b. Monte McKinley, Denali, monte Santa Helena
   c. Changtse, Lhotse e Makalu
   d. Monte Escolha, monte Sua, monte Aventura

8) Quem são os movidianos?
   a. Gatos que ronronam
   b. Seres superiores que usam as montanhas como base na terra
   c. Seres que controlam os monges budistas
   d. Seres que empunham porretes e usam túnica marrom

9) Qual a capital do Nepal?
   a. Monte Everest
   b. Katmandu
   c. Shangri-La
   d. Sri Lanka

10) Quem ajudou você a obter permissão para procurar o Yeti?
   a. Sangee
   b. Carlos
   c. Runal
   d. Os monges budistas

Respostas: 1-a; 2-c; 3-d; 4-a; 5-b; 6-d; 7-a; 8-b; 9-b; 10-c

IMPRESSÃO E ACABAMENTO
YANGRAF
GRÁFICA E EDITORA LTDA.
WWW.YANGRAF.COM.BR
(11) 2095-7722